ピュア あなたへ

pure

Chitose

ちとせ

文芸社

もくじ

幸せになるために

素直に

今の時代にピュアに生き通すって難しいことだろうけど、
でも憧れちゃうな。
どんどん悪知恵がついたり、
嘘がうまくなったり、
画策したり、
だまされたり。
でもピュアに生き通すって、
人を感動させる力があると思う。

なんて、ドラマの見過ぎかな?
ふふふ。
私もピュアに生きたいな。

祈り

ずっと落ち込んでてつらそうで、
力になってあげたいって思ったけど、
どんなに優しい言葉をかけても、慰めても、
甘えん坊になるだけで立ち上がれない君を見て、
思い切って突き放してやりたくなった。
突き放した後で罪悪感に包まれもしたけれど、
だからってまた優しい言葉をかけちゃったら、
意味がなくなるって我慢した。

君は必ず何かを手にして立ち上がるから、
今は、それを祈ってる。

成長期

心の成長期って、
今まで見えなかったことや気がつかないフリをしてきたことに、
正面から立ち向かうから、
一気にいろんなことが次から次へと押し寄せる。
日々葛藤の連続で、
「なんで私ばかりが」
なんて思ってしまう時もある。
辛い苦しい、嬉しい楽しいの繰り返し。

目先の感情だけにとらわれてしまうと、
悪い結果で終止符を打ってしまいがち。
でも、時間はかかっても全てのことがクリアされて、全て順調で、
私だけじゃなくみんなが笑っている、
そんな状況を想像して頑張ってみる。
簡単じゃないし、大変だけど、
こんな経験のあとは心が光り輝いているんだろうな……って期待して、
今日も前を見て歩いてみる。

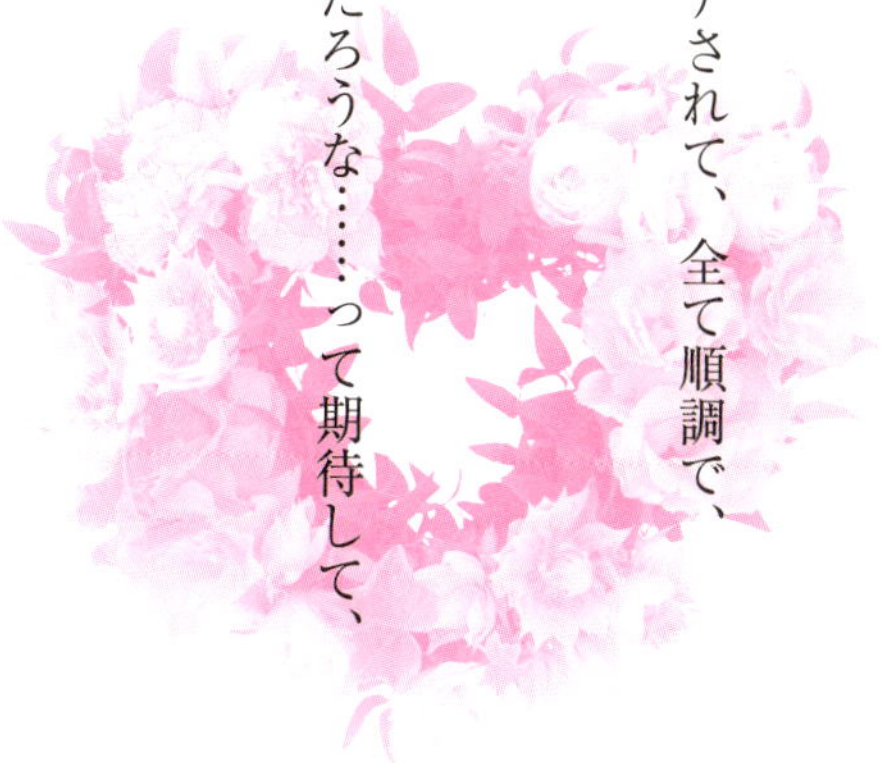

なりたい自分

私は、なんでもズバズバ言葉にしてしまう人がこわい。
でも私も周りに同じことをしているのかもしれない。
言葉って難しいよね。
時には人を励ますのに、時には人を傷つけたりもするもの。
だけどそれを恐れて臆病になってしまったら、
人とはつき合いづらいよね。
素敵な言葉を発するために、
いろんな人と出会い、いろんな経験を積み重ねたい。

相手の言葉にちゃんと耳を傾けたい。
思ったことをすぐ言葉にしないで、
一度、心で深呼吸してから言葉にできる、
そんなやわらかな人間になりたい。
思《し》慮《りょ》深い人間になりたいよ。

チャンスをください

第一印象で相手を「嫌い」と決めちゃうのはもったいないよ。
とりあえず「好き」から始めてみよう。
それでもダメならしょうがないけどさ。
「嫌い」からスタートしちゃったら、
せっかくのその出会いのエンドも近いよね。
そのチャンスを逃しちゃもったいないぞ。

みんな私のことが好き

「私と出会った人間は、みんな私のことが好きになる」
これくらいのイメージを持って、
自信に満ち溢れた出会いを重ねたい。
好きな人を増やしたい。
好きだと言ってくれる人を増やしたい。
結局、私は人間が好きなんだね。

笑えない休日

笑いたくても笑えない日もある。
そんな日は、
朝からビールを一本飲んでから出かけてもいいじゃない。
私が笑えばみんなも笑う。
みんなが笑えば私も笑う。
そんな日があってもいいよね。

笑顔の威力

フッと気づくと怖い顔をして、
いや〜なことを思い出してムカムカしている時がある。
そんな時は、とりあえず笑顔をつくってみるの。
そしたら笑顔の一瞬は、
いや〜なことを忘れて明るい気持ちになれちゃう。
笑顔の威力ってすごいなって思っちゃった。
シワが増えるから、いつも笑ってるわけにはいかないけど、
笑顔でいる時間をもっと意識的に増やしてみようと思ったわ。

心の指導者

自分を幸せにするのは自分。
幸せを感じるのは私の心。
嬉しいと思うのも、嬉しくないと思うのも、
楽しいと思うのも、楽しくないと思うのも、
それは、どっちも私の心。
だから、どんな時も、自分が幸せと思えるように、
「幸せ」に焦点を合わせていたい。

人生の主役

私の人生の主役は私。
親でも子供でも旦那でもない。
友達や兄弟でもない。
上司や先生や先輩でもない。
私の人生の主役は私なのよ。
私が主役なのよ。
そして私の周りを固めて助けてくれるのが、
家族と仲間達なんだよね。

フレンズ

私は今まで、その時々の自分の状況に合った友達を、
その都度えらんできたの。
だから、昔はあんなに仲が良かった友達なのに、
今はまったくの音信不通なんてこともあったりして……。
でも今は違う。
今つないでいるこの手を、もう離したくないの。
私は離さないよ。
私にとってみんなは宝物なんだもん。

やっと気づいたよ。
気づくのが遅くなってごめんね。
これからもよろしくね！

ありがとう

つぶれそうな時、お酒に付き合ってくれる友達に感謝。
耐えきれない時、一緒にカラオケに行って大声を出してくれる友達に感謝。
ブルーな時、外に連れ出してくれる友達に感謝。
おかしくなっても、離れないでいてくれる友達に感謝。
心配してくれて感謝。
思い出してくれて感謝。
一緒にいてくれて感謝。
いつもいつも助けられてる。

ありがとう。

環境と状況

やりたいことができなかった環境。
やりたいことを見つける余裕がなかった状況。
だから、夢や目標を持っている人に嫉妬する人もいる。
ううん、違うよ。
その人を応援することで、自分も夢を持てるの。
その人の近くで、その人を支えるの。
一緒に、苦労や喜びを感じるの。
きっとわくわくするよ。

気づくまで

幸せになりたい。
誰かに幸せにして欲しい。
ずっと私を幸せにしてくれる誰かを探してた。
幸せを与えてくれる誰かを待っているより、
自分で幸せになった方が早いってことに気づくまで、
ずいぶん遠回りしてきたなって思う。

パズル

自分で会社を経営したいと夢見る人。
会社の中で必要不可欠な存在を目指す人。
みんなを盛り上げて笑顔を増やしたいと思っている人。
後ろにまわって支えたい人。
みんなそれぞれ夢と目標を持っている。
みんなそれぞれの立場で与えたいと願っている。
受け取って欲しいと願っている。
それぞれが、それぞれの立場で与えて受け取って、

輝いていけたら素敵だなって思う。

おバカな私

私と旦那は大恋愛で結ばれた。
私たちは冷めることがないと思っていたけれど、
いつしか激しさがなくなって、なまあたたかいぬるい空気が、
ゆっくりと流れているように感じるようになった。
平和でおだやかな毎日。
愛しているのか、愛されているのか、
そんな単純なこともわからない。
愛されることをあきらめて、ただの家族になろうとしていた私。

フッと気づくと淋しく感じている私がいた。
こんなのはいやだと、
愛されたい自分がいると気づいたから、
愛されることをあきらめない勇気を持つことにした。
そうしたら胸がキュンとしてジュンとして切なくて恋しくなった。
なーんだ。
私ってば旦那のことちゃんと愛し続けてたんだね。

目からウロコ

お互いが、あるいは一方が、
気を遣って遠慮して我慢している関係なんて、
辛いだけだと旦那が言った。
目からウロコだった。
して欲しいことをお互いが伝え合って、
求め合うことで良い関係が築ける。
ものすごく納得できた。

明日への扉

溢れ出すエネルギー

悲しみはエネルギー。
悲しいのも寂しいのも虚しいのも悔しいのも全部いや。
暗い私はいや。
いつも明るく笑っていたいから、
そういう自分を目指してる。
楽しいことを増やしたい。
深く悩んでいる自分がいや。
自信に満ち溢れ、輝いている自分を増やしたい。

笑顔を増やしたい。
私が笑って、世界中の人が笑って、
全てが明るく輝くパワーを発信してみせる。

逆の幸せ

「結婚してるから幸せ」
「結婚してる人って所帯染みていてかわいそう」

「独身は自由で最高」
「独身者は孤独」

「子供は宝」
「子育てって嫌い」

「子供はいなくて夫婦仲良し」
「子供がいなくてかわいそう」

「仕事と子育てを両立して輝いている」
「専業主婦じゃなくちゃ子供がかわいそう」

「仕事ができてかっこいい」
「仕事しかできない」

自分の幸せを自覚しているのは素敵なこと。

でも、自分の持つ幸せとは逆の幸せを否定する人は多い。
なぜ？
今の自分で本当に満足しているのだろうか？
本当に幸せ？
自分の幸せだけじゃなく、
相手の幸せも認められたら、
もっと幸せになれると思う。

目覚め

どこにも逃げ場がなくて、
甘えられる場所もない。
絶体絶命。
八方塞がり。
そんな時こそ、
自分でも驚くくらいの自分の強さが目覚める。

あなたへ

「甘えたい。かわいがられたい」
最初のうちは、そういう私のことをかわいがってくれていたあなたも、
生活となると別。
弱いままの私に苛立ちを感じるあなた。
私は強くならなきゃいけなかった。
強い私も悪くないけど、弱かった私も懐かしい。
でも、強くなったからこそ、
いろんな言葉を掛けられるようになったのかもしれない。

そう思うと、私を強くしてくれたあなたに、
感謝の気持ちがあふれます。

記憶と確信

親や周囲から教えられて記憶したり学んだりすることも大事。
でも自分で経験して感じとったことの方が確信になる。
私はたくさんの失敗をした。
道からはずれることもあった。
周りから見たらむだだと思われることも、
たくさんしてきたかもしれない。
人を傷つけることも多かった。
傷ついたことも多かった。

悩んで苦しんだ時も多かった。
だからこそ、
いろんなことを感じて学んでこられたのだと思う。
だから私は記憶したことよりも、
確信したことの方をたくさん増やしたい。

光

自分の夢はなんだろう？　目標はなんだろう？
気持ちが焦る。
やりたいことが具体的に見えず、
何をしたらいいのかもわからなくて、
不安になったりもする。
でも、そう簡単には自分の道が見つけられないから、
いろんなことを考えるきっかけになる。
自分の道を見つけたいという気持ちが強くなれる。

じりじり焦って、空回りして、あがいて、もがいて、悩んでも、
それは私の栄養。
今の焦る気持ちを大切にしたい。
そのうち、
今の自分と同じような焦りに到達した人達の輝きとなり、
その人達の背中を押してあげられるような、
そんな人に、私もなっているはず。
けっして、今の自分は止まっているわけじゃない。
だから私はあきらめない。
もがいた先の光を、私は必ず手にするのだから。

受けとめる力

友達に会うたび、いつも何かを愚痴っている時期があった。
自分の憂鬱《ゆううつ》を聞いてもらうことでスッキリすることもある。
誰かに甘えて頼ることで、
その時の不安や考え方をかえることができる時もある。
でも、いつも誰かに頼りっぱなしで助けてもらうばかりでは、
自分で考えて解決する力がどんどん衰えていきそうでこわい。
時には自分でそれを受けとめて、
もがきながらも、答えを出したい。

それが自分の自信になる。
あがいている時は苦しいけど、自分であがいた後は気持ちがいい。
あがく力がある自分が大好きだ。

やってみようよ

何かでつまずいて、
いつもいつもすぐ逃げ出してしまうのは中途半端だということ。
中途半端だから、傷ついたり傷つけたりするのかもしれない。
ちょっとやそっとでくじけていたら、いつも中途半端なまま。
何か一つでもいいからやり遂げることで、
自分に自信が生まれるよね。
いい時も、悪い時も、一生懸命でいたい。
もう逃げ出すのはやめにしたい。

同じことの繰り返しはもう嫌だ。
今度こそは絶対に逃げないでやり遂げたい。

人づき合い

全ての人から好かれたい。
一人でも多くの人に私を理解して欲しい。
でも実際は、第一印象や誤解で避けられることもあるよね。
理由も分からずに避ける人には自分から近づきたい。
だけどなぜか距離が縮まらないこともある。
だったらいいや。
私と相手の距離は、いつか縮まるきっかけがあるかもしれない。
だからその時まで待とう。

それよりも、こんな時こそ自分の世界を広げたい。
狭い社会に押さえつけられることなく、
自分が輝くために飛び出そう！
自分が輝く時こそ、自然と人が集まってくるのだから！

すべての人へ

自分の持つ可能性に気づけた時、一面が快晴。
太陽の光が眩しくて気持ち良い。
その可能性が具体的に見えた時、
体が自然に踊り、口が勝手に歌い出した。
心が体を突き抜けて、フワフワと空中で舞う。
そして迷わず歩き出したら、心と体が合体して、
真っ赤なじゅうたんが真っすぐにのびて方向を明確にした。
こんな感覚を、この感動を、経験を、

みんなにも感じて体験して欲しいと思ったから、
私はみんなにも、大きな目標を持つことと、
誰もが持っている大きな可能性に気づいて欲しいと願ってしまいます。

いつか私も

何もないところから始めて、
道を切り開く開拓者は素晴らしい。
どの分野でも、一番最初にそれを行う勇気もすごい！
万が一、その時は失敗に思えたとしても、
後に続く者達にとってそれは偉大。
先駆者は素晴らしい。
私もそんな人達を追いかけたい。
そしていつか、今度は私が先駆者になっていたい。

〝何か〟

絶対に揺るがない　〝何か〟を持って、
ズンズン進んでいく人は輝いているね！
〝何か〟を見つけるために、思い悩むのも悪くない。
悩んだ分だけ　〝何か〟を見つけた時は、
その　〝何か〟は揺るぎないものになっていそうだから。

目指す人

私が憧れる主人公は、
人が笑っちゃうくらい大きな目標を持っている人なの。
その道のりでの苦労が大きければ大きいほど、
乗り越えた時の自分を想像してわくわくしちゃう人なんだ。
けっしてあきらめないんだよ。
たとえ、その時は乗り越えられなかったとしても、
いつか必ず乗り越えていく自信を持っているの。
そしてその人の周りには心が固く結ばれている仲間がいて、

助け合って磨き合ってるの。
とっても素敵だと思わない？
私もそんな主人公になれるかと思うと、
ドキドキわくわくしちゃうよ。

なりたい自分になる勇気

みんな〝なりたい自分〟を持っているはず。
でも、なりたい自分になる勇気とやる気がないの。
なぜだか、なりたい自分になろうと一歩踏み出すのが怖い。
そして面倒臭い。
憧れてるだけの方が傷つかないですむ。
人って弱い生き物。
「大丈夫」
なりたい自分に必ずなれるから。

勇気を取り戻して！

押しつぶされないで

我慢して、だまりこんで、
矛盾を受け入れられずに苦しんでいるなら、怒りなよ。
喧嘩になるのがいやだとか、口では負けるとか、
先まわりしないで主張してみようよ。
泣きながらでもいいよ。
うまく言えなくてもいいよ。
その時全部言えなくてもいいよ。
自分の気持ちを、相手に正直にぶつけてみようよ。

何も言えないより、一つでもいいから言葉を相手の心に残してみようよ。

休息

「あなた頑張り過ぎよ」と人から言われる。
言葉はあてにならないけれど、自分が感じた疲労は本物。
ここらで少し休もうか。
一日二日休んだくらいで、あなたが今までしてきた事実は消えやしないよ。
もっと、自分と自分のしてきたことに自信を持ってもいいんじゃないのかな。

いつの間にか

あの人を見返してやりたいって思う気持ちがエネルギーになって、
走り出す時もあるかもしれない。
無我夢中で打ち込んで、
気づけば見返してやりたいなんて気持ちも、
どこかに飛んでいってしまったようだ。
いつのまにか別の目的や目標ができていた。
そこに憎しみはもう無くて、 笑顔が今はここにある。

誰がなんと言っても

自分の感覚を信じたい。
好きって感じた人。
仲良くなりたいって感じた人。
こういう生き方って素敵と思ったこと。
すごいって感銘を受けたこと。
尊敬してる気持ち。
それを否定する人がいたとしても、
自分が感じ取った事実は変わらない。

郵便はがき

恐縮ですが
切手を貼っ
てお出しく
ださい

160-0022

東京都新宿区
新宿1－10－1
(株) 文芸社
ご愛読者カード係行

書名			
お買上書店名	都道府県　市区郡　書店		
ふりがな お名前		大正 昭和 平成　年生　歳	
ふりがな ご住所	□□□-□□□□	性別 男・女	
お電話番号	(書籍ご注文の際に必要です)	ご職業	

お買い求めの動機
1. 書店店頭で見て　2. 小社の目録を見て　3. 人にすすめられて
4. 新聞広告、雑誌記事、書評を見て(新聞、雑誌名　　　)

上の質問に1.と答えられた方の直接的な動機
1.タイトル　2.著者　3.目次　4.カバーデザイン　5.帯　6.その他(　　)

ご購読新聞　新聞	ご購読雑誌

文芸社の本をお買い求めいただき誠にありがとうございます。
この愛読者カードは今後の小社出版の企画およびイベント等の資料として役立たせていただきます。

本書についてのご意見、ご感想をお聞かせください。

① 内容について

② カバー、タイトルについて

今後、とりあげてほしいテーマを掲げてください。

最近読んでおもしろかった本と、その理由をお聞かせください。

ご自分の研究成果やお考えを出版してみたいというお気持ちはありますか。

ある　　ない　　内容・テーマ（　　　　　　　　　　）

「ある」場合、小社から出版のご案内を希望されますか。

する　　しない

ご協力ありがとうございました。

〈ブックサービスのご案内〉

小社書籍の直接販売を料金着払いの宅急便サービスにて承っております。ご購入希望がございましたら下の欄に書名と冊数をお書きの上ご返送ください。
●送料⇒無料●お支払方法⇒①代金引換の場合のみ代引手数料￥210（税込）がかかります。②クレジットカード払の場合、代引手数料も無料。但し、使用できるカードのご確認やカードNo.が必要になりますので、直接ブックサービス（0120-29-9625）へお申し込みください。

ご注文書名	冊数	ご注文書名	冊数
	冊		冊

人に振り回されない、自分の感覚を取り戻したい。

一瞬で

毎日が成り行きまかせ。
先のことを今は深く考えない。
人生なるようにしかならないって。
行きあたりばったり。
やらなきゃいけないことなんて必要最低限にして、
あとはぶっちぎって遊び優先。
大切なことは先延ばし。
心のままに毎日を過ごす。

楽しいはずなのに、
見ないふりして先延ばしにしていることが心に重くのしかかる。
つい最近までの私の話。
出会いっておもしろいよね。
ひとつの出会いからいろいろふくらんで、どんどん前向きになってくる。
ずいぶんと考え方とかも進化してきて世界の景色も変わってきた。
出会いはひらめき。
考え方って、ずいぶん変われるものなんだね。

そんな時もあったよね

イライラして怒ってばかりの毎日。
ほかの感情なんて忘れちゃったよ。
いっぱい　いっぱいいで、
もう本当に疲れちゃっててなんにもできないよ。
誰かに優しくされたいって淋しくなって、
一人で泣いちゃったりしてね。
なんか出口が見えないよ。
出口まで行けるのかも不安でさ。

それでもいつかは抜け出せるよねってうっすら期待して、
今日も愚痴をこぼす。
聞いてくれる人がいるだけでもマシかな……って自分を慰めてみたりして。
そんな今があったことも忘れられる日がくるんだろうな。
今はまだ待ち遠しいけど。
ここらで何かアクション起こしてみようかな。
そうつぶやきながら、今日も一日が始まる。
本当にアクションを起こしてみたら、新しい一日が始まった。

ゴールはまだまだずーっと先

今はまだ途中経過。
だから失敗なんかじゃない。
いつか必ずなし遂げるために、私は止まらない。

そんな人もいる

全部世の中のせいにして、
自暴自棄になっている人もいる。
でも、世の中のせいにばかりしないで、
自分の人生に自分で責任を持っている人もいる。
なんか、かっこいいよね。

枠

男らしく、女らしく求められることが窮屈で抜け出したくなる。
与えられた枠の中が狭くて息苦しく感じた。
この枠を破壊して飛び出してしまいたい。
でもそれは間違いのような気がして、私にはできない。
きっとこの枠をあたためて大事にして押してみたら、
壊さないで無限に広げることができるんじゃないだろうか。
きっと私にならできるはず。
さし込む希望を信じて、

今あるものを壊さずに広げ続けていきたい。

一途な想い

一人でもいいからそばにいて欲しいの

あの人の傲慢さを、
私がわざわざ指摘する必要はないじゃない。
あの人の弱さを、
私がわざわざ指摘しなくてもいいじゃない。
私が言わなくても、
あの人は日々の生活や日々の人間関係で指摘されたり、
自分で気づいたりしながら、
自分と闘っているのだから。

私くらい味方になって、
傲慢さや弱さも褒めて自信につなげてあげたいよ。

人を裁いて気持ちよいのは自分だけ

とてもとても小さい枠の中だけが正解で、
それが正義だと思ってた。
でも間違いだった。
こたえは小さい枠の中だけでなく、
とってもとっても大きな中にたくさんあった。
しかも、決して正しいだけがこたえではなかった。
人の弱さ、育った環境、
その人の後ろにそういうものがあることを、私は知ろうとしていなかった。

相手を傷つけてしまった後に気づく。
正しいだけでは相手を救えない。
正しいだけでは人から愛されない。
正しいだけでは素敵な人間にはなれない。
大きくて、あたたかくて、優しくて、人をいやせる、
そんな人間に私はなりたい。

応援してほしいの

「世間知らずだね」

「せいぜい頑張って」

「無理だよー」

「でかいことばっかり言って、自分の年齢を考えなさい」

「地に足がついてないよ」

否定してばかりいる自分に気づいたら、
たまには相手の背中を押してあげなよ。

応援してあげることが、

今のあなたがしてあげられる唯一のことかもしれないから。

優しさ

「優しさ」ってなんだろう?
優しい人になりたいって思っていても、
私が優しいか優しくないかを感じるのはあなた。
相手のことを思って言った言葉も、
その真心が伝わるかどうかはわからない。
それが本当に真心だったのか、
それとも、ただ単に自分がそうすることで満足したかっただけなのか、
それさえも自分で気づけないこともある。

相手に自分が優しい人間だと感じることを強要するのは無理なこと。
自分の中で納得して満足することでよしとしなくては、
自分を見失って深い森に迷い込んでしまう。
自分の優しさを、自分が信じてあげたらそれでいい。

空白の時間

暇な時間を持て余したり、
孤独に押し潰されそうになって泣いたり、
そんな時間があるからこそ、一人はいやだと思える。
そして人とのつき合いを大切にしたいと思える。
そういう時間があるからこそ、
自分の人生を輝かせるために必死になろうと思える。
暇や孤独を感じられる、その時間に感謝したい。

存在

私の心は上がったり下がったり忙しい。
笑顔の下で、いつも不安定な気持ちと闘っている気がする。
不安で立ち止まった時こそ、
宇宙の中で自分がちっぽけな存在だと気づかされる。
自分の位置確認ができる。
もっと謙虚になれる。
そしてもっと大きくはばたく準備ができる。

逃げても勝ち

私がまだ19歳だった時、人間関係が原因でウツ病になってしまった。
人と会うことに恐怖を感じて、家に閉じこもってしまった。
どうしても人と会わなくちゃいけない時もあって、
そんな時は人と話をしているうちに恐怖から勝手に涙がこぼれ落ちた。
毎日、ふいにこぼれる涙を拭いた。
なんの気力も湧かなかった。
常に「死にたい。消えたい。逃げ出したい」
と呪文のように心が唱えていた。

自分なんか必要な人間じゃないと、自分が自分を追い詰める。
でも、そんな気持ちとは逆に、
「生きたい。死にたくない」という私もそこにはいた。
もう少し頑張れば光が見えるんじゃないかって、
もう少し頑張ってみようと思っても体が動かなかった。
毎日毎日「死にたい」という気持ちが隣にいた。
苦しい月日の後、
私はその時いた自分の状況と生活を全て捨てて逃げ出した。
私が逃げたことで、傷ついたり悲しんだ人もいただろう。
でも、私は今生きている。
あの時私は死にたいという気持ちに勝ったのだ。

逃げるが勝ち。

だって私、今生きてるもの。

あの時死ななかったからこそ、今は旦那もいて子供もいる。

逃げたって、生きてりゃその時悲しませた人への償いができる。

生きてて良かった。

保守的

寛容なつもりで新しいことを提案してみる。

寛容じゃなくて、つもりだから、

「ここまでしか許せない」

範囲があることに気づく。

私って、まだまだ狭いなって痛感する。

今だから分かること

私の周りの話だけど、
親から愛されて育った実感がちゃんとある人は意外と少ない。
心にポッカリ穴があいて、悲しみを抱いたまま成長した。
私が親から愛されている自信がなかった時期は、思春期の頃だった。
精神的にとても不安定で、
これは親の育て方が悪かったんだと責めることで私は納得したかった。
親への不満しか思い出せなくて、
自分はかわいそうだという気持ちに浸って泣いた。

親は親で強気なことを言いながらも、
もっとこうしてあげればよかったと悩む。
その時は精一杯育ててくれていたはずなのに。
子育てって24時間毎日で、ちょっとの息抜きも難しかったりして、
生活のいろんな悩みも加わって、本当に大変だったと思う。
でも子供も自分のことで精一杯で、親のことなんて関係ない。
親にたくさんのことを求めてきた。
なんで私のことを分かってくれないの？
いっぱい甘えて、いっぱいわがままを言って、
いっぱい抱きしめて、いっぱい微笑んで、いっぱい話したかった。
私だけを見てて欲しかった。

でもそんなの無理だよ。
無理なことを言って、だだをこねて、叱られて、泣いてすねる。
大人になってはじめて、親の存在だけで有り難いということが分かった。
親がいること、いたこと、自分が存在していること、
それが感謝だと、今は思えるようになれた。

常識の基準はあなたなの？

自分は常識的だって思って生きてる人ってけっこういるよね。
あれはあれで、これはこれって決めつけてるから、
いつもそれからはずれて生きている人が目について、
イライラしたり腹を立てて怒ってる。
周りの人に腹を立ててばっかりでどうするのよ？
自分の思い通りにいかない人を見つめ続けてどうするの？
血管キレちゃうよ？

目には目を？

傷ついたからって、同じように傷つけ返して満足なのかな。
天罰ってやつ？
あなたは天罰をくだせるほど特別な人なの？

すごいのは自分だけ？

自信を持って生きている人って素敵だけど、
自分はすごいけどあなたはすごくないって周りを否定して見下している人って、
周りが離れていっちゃうよね。
見下されて気持ちのよい人なんていないものね。

自分で自分を窮屈に

耐える。
我慢。
溺れそうになるよ。
爆発しちゃいそうだよ。
わがままでいい？
自分勝手にやりたい放題でいい？
周りを犠牲にして我を通す？
そんなのはいやだよ。

じゃあ自分が我慢する？
それもちょっと違う気がする。
じゃあどうしたらいい？
我慢してるとか、耐えてるって思う私の気持ちを変えればいいのかな。
自分の意志でそうしといて、
つらくなったからって相手のせいにするなんて、ずるいもんね。

パニクる私

言い訳するのは簡単。
自分をかばって守るのも簡単。
でもそれを真っ向から受けとめて立ち上がって進むなら自分の力になるよね。
今が精一杯？
少しの余力もないの？
だって今が頑張り時だよ？
精一杯やってるって思い込んでたんだよ、私。
確かに私、頑張ってるよ。

一生懸命だよ。
でももっと真剣になれるし、まだやるべきことがあるじゃない。
頑張り時の今、やるべきことの優先順位をみきわめなくちゃ、
大切なことを見失っちゃうよ。
またあきらめるの？
また逃げるの？
それじゃあ何も変わらないよ。

独りよがり

「幸せそうだね」と友達に言われて、
「そんなことないよ」と答えた。
自分の中で葛藤や不安や迷いもあるし、目指すって苦労も多い。
そしたら友達が、
「目指すものがあって走っていられる時っていうのは幸せよ。
本当につらい時は、そんな気持ちにもなれないから」と言った。
私は言葉が出なかった。
自分がすごく傲慢で、独りよがりなんだと感じた。

そうだよね。
幸せだってわかってる自分がいるのに、
それを否定して同情を買おうなんて、甘えてるよね。
そんな自分が、ものすごく恥ずかしく感じた。

やっと信じることができたよ

若い頃は、恋愛が私のすべてだった。
ちょっとしたきっかけで、すぐ好きになって追いかけては、
振り向かれると今度はいつか終わりがくることがこわくて、
嫌われるより先にちょっとしたことで嫌いになって逃げてきた。
永遠の愛に憧れながらも、それを疑っていたの。
今にして思えば自分に自信がなかったんだよね。
でもね、そんな私も、今は永遠を信じられるようになったよ。
出会いと、それを信じる強さが私を変えてくれたよ。

お願い

将来におびえ、なんとか現状を維持しようってみんな必死よね。
それが現実なのかな。
今よりももっと豊かな将来なんて、おとぎ話なのかしら。
でもさ、年を重ねるたびに満足できる、そんな自分でいたいな。
きっと私たちの未来は明るいはず。
それを信じて私も頑張るから、一緒に頑張ろうよ。

探していた心

元気になりたい。
心の底から笑いたい。
そう思って楽しいことを探してみたけど……なんか違う感じ。
本当はそうじゃなかったみたい。
私はただ、誰かに話を聞いて欲しかったんだ。
「頑張ったね」って、頭をなでられたかったんだ。
ギュッと抱きしめて欲しくて、思いきり大声で泣きたかったんだ。
ただ、泣きたかったんだ。

ただ、それだけだったんだ。

逆方向

幸せの方向を知っているのに、
限界までできた心が逆の方向に走り出す。
甘え方も忘れちゃった。
笑い方も忘れちゃった。
愛され方も忘れちゃった。
愛し方を忘れちゃった。
素直になんかなれないよ。
冷静になって、自分がどうしたいのか、

どうされたいのか考えてみた。
自分で自分の理由に気づいたら、何だかスッキリしちゃった。
自分の心が求めているものが分かったから、
またもう一度、
幸せに向かって歩けそうな気がしてきたよ。

もしも、僕らの夢が叶うのなら、
それはただ、幸せになりたい。
ただそれだけなんだ。
幸せとは、みんなそれぞれ違うけど、
欲張らず、独りよがりにならず、
幸せを感じて欲しい。

みんなの笑顔に埋もれて眠りたい。
この不安な気持ちも、苛立ちも、全部脱ぎ捨てて、
笑顔のシャワーを浴びて僕も元気になりたいんだ。
愛する気持ちが恋しくて、ピュアな思いもなつかしく、
立ちつくす僕に優しさを下さい。
もしも、僕らの夢が叶うならば、
すべての人の心を笑わせて欲しい。

あとがきに代えて　～出会い～

ある寒い日。私は空港行きのバスを待っていた。

そのバス停のベンチには、今にも凍え死にしそうな七十歳くらいの路上生活者のおじいさんが、ひっそりと座っていた。破れた薄っぺらなジャンパーのフードを深く頭にかぶり、目を閉じて動かない。

なかなかこないバスを待つ間、通り過ぎた子供が落としていった外国のコインの音で一度だけそのおじいさんが目を開けた。凍えた体をゆっくりと動かしてそれを拾い、そのコインをまじまじとながめ、また落ちていた場所に戻してゆっくりとベンチに座り目を閉じた。

それを間近で見た私はすごく動揺した。

なぜ彼は今こういう生活をしているのか。彼に何があったのか。いくら考えても彼を救うことのできない今の私。何もできないのか。何かしてもいいのか。こういう気持ちは偽善なのか。もしここで、私がお金を置いていっても何の解決にもならないだろう。逆に失礼なのかもしれない。

心の中でいろんな気持ちがぐるぐると走りまわる。

やっとバスがきた。

私は思いきって、持っていた小銭、数百円を彼の座るベンチに置いて急いでバスに乗りこんだ。

自分のしたことが間違っていることなのかもしれないと、すごく不安に感じながら、バスの座席に腰かけた私はそっとふり返った。

小銭に気づいたおじいさんは、凍えた体をゆっくりと動かし、ふるえた手でフードをとりながら走り去るバスにずっと深々と頭を下げていた。

私はその姿を見て泣き出しそうになった。私のしたことは、なんの解決にもならないことだけど、今、この時、この瞬間だけでも、おじいさんの役に立てたのだと、私は嬉しかった。

私とおじいさん。何の関係もない他人だけど、今、この時、私とおじいさんの人生が少しだけ交わったことが嬉しかった。

人生何があるか分からない。

いろんな人と出会い、たくさんの人と接点を持ちたいと、この時私は強く思った。

あのバス停のすぐ近くに住んでいるけれど、あのおじいさんを、それ以来見かけることはなかった。

著者プロフィール

ちとせ

1976年、青森市で生まれ、仙台市で育つ。
現在、福岡出身の旦那と東京に住む。

ピュア　あなたへ

2004年５月15日　初版第１刷発行

著　者　ちとせ
発行者　瓜谷 綱延
発行所　株式会社文芸社
〒160-0022　東京都新宿区新宿1－10－1
電話　03-5369-3060（編集）
03-5369-2299（販売）

印刷所　図書印刷株式会社

ISBN4-8355-7217-3 C0092